衛斯理系列 少年版 15
真菌之毀滅

作者：衛斯理

文字整理：耿啟文

繪畫：鄺志德

衛斯理
親自演繹衛斯理

老少咸宜的新作

　　寫了幾十年的小説，從來沒想過讀者的年齡層，直到出版社提出可以有少年版，才猛然省起，讀者年齡不同，對文字的理解和接受能力，也有所不同，確然可以將少年作特定對象而寫作。然本人年邁力衰，且不是所長，就由出版社籌劃。經蘇惠良老總精心處理，少年版面世。讀畢，大是嘆服，豈止少年，直頭老少咸宜，舊文新生，妙不可言，樂為之序。

倪匡　　2018.10.11　　香港

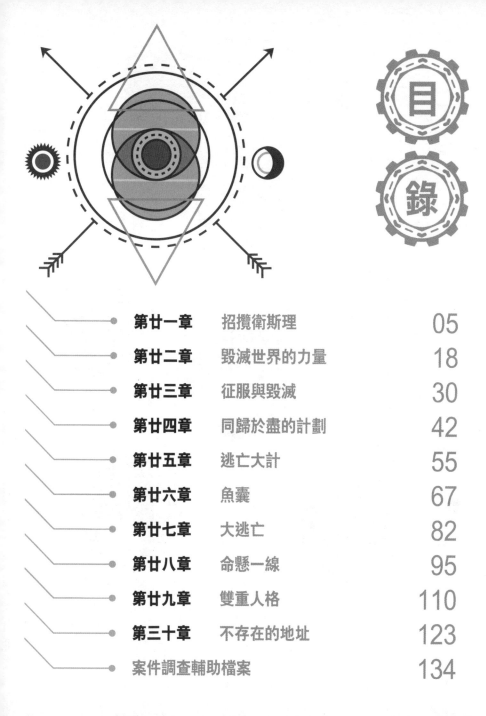

主要登場角色

張海龍

久繁

漢克

衛斯理

張小龍

張小娟

第廿一章

招攬衛斯理

　　一個龐大的野心集團，將我帶到他們的 **海底基地**，強迫我去說服張小龍與他們合作。我的言行在這個組織的嚴密監控下，難以取得張小龍的信任。張小龍把我當成是邪惡組織的一分子，情緒激動地把我趕出房間。

　　我退了出去，漢克仍在房間外等着我，他說：「你的工作做得不好。」

　　我聳了聳肩，「你不能要求 一天造成 🏛 羅馬 。」

　　漢克冷峻地說：「有一位 ✦重要人物✦ 要見你。」

我大喜過望，「是你們的 最高領袖 嗎？」

漢克冷笑道：「你別妄想見到最高首領了，他是不會見你的；現在要

召見你的，是他四個私人秘書之一，地位也夠高的了。」

漢克又帶着我坐 升降機 ，來到了另一樓層的一個房間門前，門內隨即響起一把十分嬌柔的聲音：「請進來。」

漢克推門進去，只見近門處，放着一張桌子，坐着一位美麗的 日本小姐 ，她向我們笑了一笑，説：「甘木先生在等你們。」

我們又進了另一扇門，來到一個很大的會客室，只見一個**日本人**  坐在單人沙發上，雙手拿着 **平板電腦**，在看日本的新聞網站。

看見我們進來後，那人放下了平板電腦，作了一個公式的微笑，然後向漢克搖了搖手，漢克便連忙躬身退了出去。

「請坐。」那人以英語對我說。

我坐了下來，他自我介紹道：**「我叫甘木。」**

我也公式地自我介紹：**「我是衛斯理，幸會。」**

甘木嚴肅地說：「衛先生，首先我想讓你知道，在沒有我們批准之下，你要成功離開這裏的機會率，低於萬分之三點一。」

我點了點頭，苦笑道：「我絕對相信日本人的精準度。」

他滿意地笑了笑，然後拿出**手機** 按了幾下，在一面雪白的牆壁上，立即顯現了三個投影畫面，從三個不同角度監視着同一房間的情況，而那正是張小龍的房間。

畫面所見，張小龍正在焦急地 **踱來踱去**，面上現出十分憤怒的神色，我們甚至可以聽到他的呼吸聲。一如我所料，在房間裏的一舉一動，甚至每一句說話，都在他們的嚴密監視中。

甘木皺着眉説：「衛先生，你的工作做得不好。」

我立即為自己辯護：「我沒有法子做得好的，我根本不知道你們要我勸服他為你們做些什麼。」

甘木冷冷地説：「你不需要知道太多。」

「那就怪不得我了，我連自己的任務詳情也不清楚，怎麼可能做得好**?**」

甘木面色一沉，「我要提醒你，這裏的一切都受到最嚴格的**軍事管理**，你必須服從所有命令，如果不能完成指派給你的工作，會有什麼結果，你應該很清楚吧？」

老實説，我曾經和國際知名的**盜匪**、龐大的**賊黨**，進行過你死我活的鬥爭。但如今我面對的，卻是這樣一個掌握着尖端科學、規模驚人的**野心集團**。它的成員，絕不是盜匪那麼簡單，他們當中可能有第一流的軍事家、政治家、科學家和間諜等等。

我呆了半晌，才抗議道：「那算什麼，我已經是你們的一分子了嗎？」

「這是你的榮幸。以你過去的紀錄來看，如果你能夠完成這項任務的話，我們可以向最高當局，保薦你為遠東區的警察首長。」

我聽了之後，不禁啼笑皆非，半帶着譏諷地問：「世界政權已經得到了麼？」

甘木冷冷地說：「只不過是時間問題而已。我獲得批准，讓你看一些東西。」

甘木又按了幾下手機，那原本投影在牆壁上的三個畫面，突然變成了一個大畫面，顯示着一片無邊無際的叢林，我根本認不出那是什麼地方來，不一會，我便看到，在叢林之中，有着一排排的火箭。

甘木解釋道：「這是我們武裝力量的一部分。」

我半信半疑，片段可以是偽造的，於是我問：「那是在什麼地方？」

甘木竟坦然回答：「巴西 。但是發命令的地方在這裏。只要一聲令下，世界上任何一個大城市都可以在幾分鐘之內化為灰燼。」

我依然不太相信他的話，只見他將畫面一轉，林立的火箭消失了，換成了一片平地，上面停着許多圓形的東西。我細心一看，那些不就是世上所盛傳的飛碟嗎？

我怔了一怔，叫了出來：「飛碟 ？」

甘木怪聲大笑，「哈哈，多年來，這東西給地面上的人帶來了不少樂趣，引起了他們無限的幻想空間。」

我吸了一口氣，問：「甘木先生，你的意思是，多年以來，各地出現的飛碟，全是——」

我才講到這處，甘木已經狂笑起來，接下去説：「不

錯，全是我們的傑作。」

我心中既吃驚，又充滿了懷疑，我懷疑這些畫面都是假的，只是他們偽造出來嚇唬我的。

「這些究竟是什麼東西？」我問。

甘木舒服地倚在沙發背上，說：「很簡單，那就是我們的飛機，但其性能是連地面上的飛機設計師做夢也想不到的。」

我專注地看着畫面，只見一隻隻飛碟，密密麻麻地排在一起，就像不計其數的蠶卵。

「那又在什麼地方？」我心中奇怪，要找一個這麼大的地方來停泊飛碟，還要不被各國知道，那幾乎是不可能的事。

甘木笑着答道：「那是 **南太平洋** 的一個 **島** ，世界上任何地圖——除了我們的——都沒有這個島。」

我不服氣，質疑道：「難道不會被人發現麼？」

「地面上那些落後的科學是難以發現的。」甘木神氣

地說：「讓你看了這麼多，你應該相信我們有足夠的力量

征服世界了吧？」

我堅定地搖頭

說：「**不！**」

甘木面色一沉。

我冷冷地說：「如果你們有能

力**征服**世界 的話，早就

已經行動了，還需要花這麼多工夫

向我展示實力嗎？」

　　我一面説，甘木的神色一面變得愈來愈難看。他花了不少時間讓自己冷靜下來，然後突然站起身説：「你分析得不錯。我願意再進一步告訴你，我們有足夠的力量毀滅全世界！」

第廿二章

毀滅世界的力量

甘木居然 **口出狂言** 說他們能毀滅全世界，不過對此我其實並不懷疑，我站了起來說：「毀滅世界並非什麼難事，人類的智慧遠遠追不上自己的科技發展，一個愚蠢的人，掌握了高超的科技力量，便足以把 **地球**  變成一個廢墟。可是他能毀滅世界，卻不代表可以征服全人類，這是兩回事！」

甘木面色鐵青，憤怒得像頭一樣，蹬蹬蹬地衝到了我的面前，惡狠狠

地瞪着我，像要將我吞進肚裏去。

我若無其事地望着他，因為我知道，他們千方百計將我弄到這裏來，在未達到目的之前，是絕不會傷害我的，所以我也不怕得罪甘木。

只見甘木揮舞着拳頭，想向我身上擊來。而我已經蓄勢以待，只要他真敢動手的話，我的還擊將會令他像一隻死蝦般躺在地上！

就在他揮出拳頭

之際，他的 **手機**  忽然響起，而他的拳頭立即在半空凝住，趕忙接聽電話。

甘木走到一旁講電話，我聽不到他在講什麼，但從他非常恭謹的態度看來，對方的地位應該比甘木高。一想到這裏，我心中不禁怦然而動，因為據漢克所説，甘木乃是 ✦**最高領袖**✦ 的四個私人秘書之一。那麼，比他更高級的人，不就是這裏的最高領袖了？

我心中想着有什麼辦法可以和這個最高領袖接觸，只見甘木不停地點着頭，説了一連串的「是」字之後，便收起了手機。

他揚起頭來，不卑不亢地説：「請跟我來。」

「到哪裏去？」

「我不認為你在這裏還有拒絕的自由。」

我也想多了解這個基地，便聳了聳肩説：「走吧！」

我和他一起走出了 會客室 ，那美麗的日本女郎立即從她的座位上站了起來，為我們開門。

那日本女郎的一舉一動，完全表現出她曾接受過嚴格的儀態訓練。我猜想她原本是一名 空中小姐 ，在一次擄拐人才的飛機失事中，她被殃及池魚來到這裏，結果不得不留下來為他們工作。

甘木帶我坐升降機前往十一樓，我心情既興奮又緊張，因為我知道十一樓正是他們首腦的所在地。我和甘木走出升降機後，又來到了那一束束能殺人於無形的 紅色光柱 前。

我曾經見過的那個 中年人 ，又出現在光柱的另一邊。

這一次，他手中握着一柄奇形怪狀的槍，對準了我們的後方，而我們後方根本沒有人。

我馬上就明白他的用意了，如果他要讓我通過，就必須將那些光束短暫熄掉，若果萬一有其他人想趁隙闖過去的話，他便會用手中的槍應付。

那些光束果然熄滅了，但我完全看不出他是怎樣把燈

熄掉的，或者根本就不是由他控制。

　　燈一熄滅，甘木便把我推了過去，而那些光束又立即恢復過來，我不禁捏了一把汗，如果我動作慢了半秒的話，是不是會瞬間化成灰燼？

　　甘木並沒有一起走過來，那中年人指導我怎樣走：「你**向前走**，然後↰**左轉**，在亮着**紅燈**的那扇門中走

進去。記住，若是亂走的話，你隨時可在十分之一秒內化為灰燼。」

我照着他所説的，向前走去，左轉後，果然看到在一排七八個房間之中，有一間的門楣上懸着紅燈。

我來到那扇門前，尚未敲門，便聽到門內傳出一把聲音：「*進來*。」

我不禁吃了一驚，因為那兩個字，是十分純正的國語！

我開門進去，發現那是一間只有幾十平方尺的小室，內裏只放着一張沙發椅和茶几，而茶几上有一個**黑色**的**球形**物體，看起來非常怪異。

我俯身細看那個黑色球體時，它忽然發出聲音來，嚇了我一大跳。

原來那是一個 ，一把聲音用國語説：「請坐。請你原諒，我只能以這種形式和你交談。」

我坐在沙發上，疑惑地問：「**你是中國人？**」

那聲音笑了一下，説：「當然不是。你面前所看到的，是一台自動翻譯電腦，可以翻譯世界上三十九種主要語言。」

我心中不禁苦笑，因為即使來到這個地步，我依然是無法看見這個野心集團主腦的真面目。

甚至連他是哪一個國家的人，原本的語言是什麼，也不知道。

那聲音接着説：「我剛才聽到你和甘木的對話。」

我冷冷地回應：「那是意料中事。」

由我一來到這海底基地開始，我的言行就在他們的**監視**👁之下，已無私隱可言。

那聲音繼續説：「你説，我們並沒有力量征服全世界，為了爭辯這一點，我已經命令各地準備執行一項任務給你看。」

　　我心中駭然，驚問：「你想幹什麼？毀滅一座 **城市**，來使我相信你們的力量嗎？」

　　那聲音說：「還不至於這麼嚴重，但同樣精彩。」

　　話音剛落，那黑色球體忽然射出一束 **光線**，投影到我面前的牆壁上，它不僅是揚聲器、翻譯器，而且還是一部 **投影機** ！

　　畫面所見，乃是一處海底景象，我知道那一定是十分深的深海，因為有一些魚類是絕不能在淺海中看到的。

　　「這是 **大西洋** 的海底，你仔細看，有什麼東西來了？」那聲音說。

　　我用心凝視着畫面，只見遠處有一條黑色的大魚正游過來，難道他們要獵殺一條大魚來證明自己的實力嗎？

　　但當那大魚愈游愈近的時候，我不禁目瞪口呆地從沙發上站了起來，指着畫面，驚訝得一個字也說不出口！

　　因為出現在畫面上的，並不是一條「大魚」，而是一艘

潛艇 ，我能認出，那是當今世界上最先進的潛艇，是某

軍事大國的 **王牌武器**！

「看清楚了沒有，那是什麼？」那聲音問。

我當時看到一股 白色光芒，自海底冒出來，急得

大聲叫道：「停止！停止！我相信你們的能力了！」

　　但那聲音卻顯得十分冷酷：「不，衛先生，我很清楚你的性格，光說是不能說服你的，一定要讓你親眼看見。而現在，就請你看！」

　　潛艇仍然平穩地駛着，完全沒意識到它已經處於極度的危險之中。而那灼亮的一團光芒，來勢比潛艇迅速得多。

　　前後還不到半分鐘，那團光芒已經觸及潛艇的底部了，接下來百分之一秒內所發生的事，令我緊握拳頭，身體不由自主地發着抖！

　　因為我看到潛艇被那股光芒射中後，立即就碎裂開來，瞬間化成了無數的碎片，畫面也變得一片模糊。這不禁令我想起，走廊上那些紅色的光柱，把紙張化成灰燼的情景。

　　那艘世界上最先進的潛艇，竟然就這樣瞬間被毀滅了。

　　直到海水回復平靜，畫面上已經沒有了那艘潛艇的蹤迹，就像根本沒發生過任何事一樣。

第廿三章

征服 與 毀滅

我目瞪口呆地站着，直到那聲音又響了起來：「**你看到了沒有？**」

我頹然地坐在沙發上，嚥了一下口水。

「你不必太**內疚**，這次行動我們籌劃已久，只等待合適的時機執行，恰好你對我們的力量有懷疑，就順便給你看看罷了。」

當我初初進入這 **海底建築物** 時，還想以個人力量來摧毀這個野心集團，但如今看來，我顯然是太天真了。

這野心集團的力量竟是如此強大，要知道，那艘潛艇本身已是世界上最先進的毀滅性武器，卻在一秒鐘內被毀滅掉。我一個人又憑什麼去對付這個掌握着尖端科學技術的**魔鬼集團**呢？

那聲音得意地笑了起來，「如今，你相信我們是有能力征服全世界了？」

我卻堅持己見：「不。那只是『**毀滅**』全世界的力量，並非『征服』。」

那聲音沉默了好一會，才說：「衛先生，你不但是一個十分勇敢的人，而且具有過人的智慧。你的想法，我很認同，我的目標是*征服*，而不是毀滅。」

「那麼只怕你要失望了，因為你們所掌握的科學，雖然如此先進，卻還未能做到征服人類的地步。」

但他**胸有成竹**地說：「不，我們已經有這方面的

發現了，這也是你為什麼來到這裏的原因。」

我猛地一愣，想起了張小龍的發明。

那聲音繼續說：「我相信你大概也知道，張小龍發現了 **生物的秘密** ，這項技術對我們很重要。」

我立即當頭棒喝：「張小龍的發現，是為了 *造福* 人群，而不是供你 *征服* 人類的！」

那聲音大笑起來，「你又怎知道在我的治理之下，人類不會比現在幸福呢？難道你認為如今所有人都生活得很美滿了 **?**」

我一時語塞，因為我知道世上確實還有很多人活在不幸之中。

那聲音續說：「所以，你必須說服張小龍，叫他大量製造能控制人心靈、改變人性格的 **內 分 泌 液**。」

我立刻忍不住嘲諷道：「事成之後，我就是遠東區的 **警察首長**？」

　　對方不在乎我的嘲弄，更誇讚我：「你的能力不止於此，只要你肯合作，我保證你將會成為世界上最有**權力**的十個人之一。」

　　我目前唯一的**應付方法**，就是先拖延下去，於是我假裝動心，考慮了一下，說：「我可以答應，但完成這任務需要一些時間。」

　　「我們可以給你時間。」

「但我有一件事不明白。」我試探地問：「既然你們已從我手裏搶得張小龍的研究文件，大可以動員其他生物學家來完成研究，何必費盡心力去強迫張小龍？」

我的試探得到了成果，那聲音透露：「我不妨對你坦白說，由於行動上的遲緩，我們搶不到張小龍的研究資料！」

我感到十分意外，想起那天晚上在張小龍別墅中所發生的事，當時我將在實驗室裏取得的資料文件，放在枕頭之下，然後我看到了奇異的「妖火」，接下來便是全屋的電燈熄滅，遭遇毒針襲擊，當我再回到房間的時候，枕頭下的文件已不見了。

如果他剛才所言屬實的話，那麼發動該一連串行動，奪得了張小龍研究文件的，竟不是這個野心集團。那些文件到底落在什麼人手中？能夠比野心集團快一步奪得文件，這

第三方的實力也絕不簡單啊！

那聲音感嘆道：「當初我們用巧妙的方法，使張小龍以為自己得了嚴重的**神經衰弱症**。然後，我們又通過了一個**心**理🩺**醫生**，把張小龍輕而易舉地帶到這裏來。我們循序漸進，慢慢誘導他在這裏專心做研究，本來一切進行得很順利的，可是早陣子，給他發現了我們征服世界的**野心**，他便拒絕合作了。」

那聲音頓了一頓，再説：「我對你如此坦白，希望你的表現不會令我失望。」

「好吧，我再去試一試。」我答應了他，但只是緩兵之計。

那聲音説：「好，甘木會帶你到你的住所去。」

十分鐘後，甘木帶我來到了一間套房，內裏有一個**臥室**、一個📖**書房**和一個小小的**起居室**。

在那書房中，有一個 顯示屏 ，能看到張小龍在他自己房中的一舉一動。

我決定什麼也不做，先以幾天時間來觀察張小龍的生活情形，和盡量了解這海底基地的一切，以便作逃走的準備。

在接下來的三天裏，我發現張小龍是一個耿直、正義的 科學家 ，他以絕食來抗議，然而，他的絕食起不了作用，因為每天有人來為他注射營養液。

他有時會大聲叫嚷，決不容許他的發明，為 侵略者 所利用；他有時又會喃喃自語，提及老父和他的姊姊時，不禁淚水盈眶。

我下定了決心，一定要救張小龍出去！

三天之後，我向甘木提出，我已準備好再去見張小龍。這一次，甘木派人帶我到張小龍的房間門前。

我知道張小龍是浙江四明山下的人，我決定一進去，便

以四明山一帶的土語和他交談，那是一種十分冷僻難懂的 方言 ，我深信這裏的電腦傳譯系統，並沒有翻譯這種方言的準備。

我推開門，走了進去，發現張小龍出乎意料地正伏在 實驗桌 前工作，我咳嗽了一聲，以我想好的那種土語說：「我又來了，你先不要激動，聽我詳細地說說我們現在的處境。」

正全神貫注地工作的張小龍，一聽到我的聲音，立即顯得非常緊張，猛地揚手道：「**出去！快出去！**」

他用的語言，正是我用的那種，我立即說：「我不出去，因為你還沒弄清楚我究竟是什麼人，當你知道我是什麼人的時候，你就不會趕我出去了！」

張小龍面上的神情十分惶急，雙手在發抖，我看到他以塞子塞住了一根 試管 ，那試管中有約莫三毫升的 透明

液體。他將那試管塞住後，才鎮定了些，說：「你先到我的房間去，我馬上就來！」

我的鄉談取得了成果，我十分高興，逕自走進他的臥室去，坐了下來。

　　沒多久，便看到張小龍一面抹着汗，一面走了進來。這裏的 **空氣** **調節系統** 十分完善，溫度和濕度都處於最舒適的水平，絕無出汗之理。張小龍顯然是有什麼事，令他十分緊張。

　　他一進來便指着我，用土語斥責道：「**危險！危險！真是危險之極！**」

第廿四章

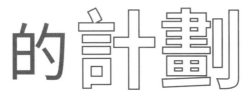

張小龍一連講了三個「危險」，大概是他剛才的實驗非常危險，所以責怪我突然來打擾他。

他在我的對面坐了下來，臉上露出懷疑和憤怒的神色說：「你是什麼人？以為用我**故鄉**的方言和我交談，便可以取信於我嗎？」

我淡然一笑，「我用這種方言與你交談，是不想我們的談話內容，給任何**第三者**知道。」

　　張小龍仍然以十分懷疑的 目光  望着我。我不浪費時間，連忙説明我被迫來到這裏的始末，勸他和我合力想辦法逃出去！

　　我在講的時候，故意講得十分快，而且語言也非常含糊，確保任何監視着我們的人或電腦，都無法聽明白我在説什麼。

　　張小龍等我講完，便冷冷地説：「在這裏，我不會再相信任何人。你若真是要逃出去的話，那是你的事。我自有我的辦法去對付他們。」

　　他的話令我着急起來，「你不要固執了，你能夠對付他們的辦法，只不過是 **沉默** 或是 *絕食*，那都是徒勞無功的事情。」

張小龍昂起頭來說：「我沒有必要向你說明我的辦法，我勸你要走的話，愈快愈好，最好在**五天**之內。」

「要走一起走！」我高聲道。

張小龍很激動，「**砰**」地拍了一下桌子，「我不走，我要留在這裏，對付那些**人面獸心**的傢伙！」

我嘆了一口氣，勸道：「你不走，令尊一定會很失望，很傷心。」

張小龍呆了一會，說：「不會的，你還不知我父親的為人，他非但不會難過，而且還會將我引以為傲。」

我隱隱聽出，張小龍像是準備和這個 魔鬼集團

同歸於盡。當然，此集團的觸鬚可能遍佈世界各地，但是只要這個海底基地一毀滅，那麼，蛇無頭不行，整個集團也會自然而然地瓦解。

然而，張小龍只是一個「**文弱書生**」，能怎樣跟這個龐大的邪惡集團同歸於盡？

「那麼，我是否能聽聽你的計劃呢？」我試探着問。

但他斬釘截鐵地拒絕：「**不能！**你出去吧，你也不必再來見我了！」

張小龍一直說不出他的方法是什麼，我懷疑他根本就沒有什麼方法，只是一廂情願的幻想。這裏的首腦不是對我說過，他們曾經用方法令到張小龍以為自己患了嚴重的 **精神衰弱** 嗎？只怕他們弄假成真，使到張小龍真的出了精神問題。

我還想說些什麼，但張小龍揚手說：「你不必多說了，

如果你想到辦法逃出去的話，盡快在這五天內逃走，要不然，我的**毀滅行動**一開始，你也難免會遭殃！」

我既驚訝又擔心，因為張小龍的狀態愈來愈像**走火入魔**，好像完全沉醉於自己的幻想世界一樣。

「張先生，你要冷靜一些，不能只靠空想，必須從實際可行的方向去想辦法！」

張小龍的眼中，突然閃耀出智慧、勇敢和堅定交織的光芒來，說：「**科學家**是不會停留於空想的，他們必定會反覆**實驗**，制訂出最完善的計劃，將自己的設想變成事實。」

我無從反駁他的話，只好說：「好，就算你真的有切實可行的計劃，而你又不願意告訴我計劃的詳情，但你不想再見**父親**和**姊姊**嗎？你沒有話要跟他們說嗎？」

張小龍呆了一呆，我嘗試說服他：「這樣吧，要麼你把

一切告訴我，讓我幫你轉告你的父親和姊姊；要麼你就和我一起想辦法逃出去，有話你親自對他們說 **!** 」

　　我以為這個方法多少也能打動他，沒想到他竟然說：「你不必替我擔心，無論相隔多遠，當時的處境有多困難，我至少還能在大海裏留下一個 *漂流瓶*，將我想說的話留下來。」

　　我當場呆住了，若不是身處這樣嚴肅的環境，我還真以為他是在跟我 **開玩笑**，可是，誰又會在這樣危急的處境下開玩笑呢？

　　「你先冷靜一下，好好想想，我們有機會再見的。」我說罷便走出了張小龍的臥室，經過了他的實驗室，離開他的房間。

　　怎料一踏出房外，便有兩個人持槍指住我，喝道：「*走！*」

他們將我押走，我抗議道：「這算什麼，我已經由受託重要任務的 **貴賓**，變成 **囚犯** 了嗎？」

那兩個人說：「我們不知道，我們只是奉命押你去見首領。」

我聳了聳肩，雖然我要對付他們，絕不是什麼難事，但就算擺脫了他們，我還是逃不出這個海底基地的，所以我暫時也不打算反抗。

但他們卻一步步挑戰我的 **忍耐力**，在我的眼睛上蒙上一層厚厚的黑布，使我什麼都看不到。

我只是有點生氣，卻一點也不感到害怕，因為我知道，如果他們真的要殺我的話，那實在是再也簡單不過的事情，絕不用這麼大費周章。

我被蒙起 **雙眼** 之後，他們兩人一左一右扶住了我的手臂，帶我往某處走去。

　　我只能在心裏默數着時間，約莫過了十五分鐘左右，便停了下來，有一把聲音響起：「將他面上的**黑布**除下來。」

　　聲音是純正的國語，我認得這聲音，不等身旁的兩人動手，已經兩臂一振，將兩人推了開去，伸手扯下了蒙在我面上的黑布。

　　還以為我終於可以看到這個野心集團的首腦了，怎知出現在我眼前的，仍然是那個黑色的**球體**，而這裏依然是我上次到過的那個房間！

　　此刻我難以抑制心中的怒意，大聲抗議道：「用這樣的方式帶我到這裏來，算是什麼意思？」

　　那聲音説：「是**懲戒**，衛先生，這是最輕的懲戒了。」

　　「懲戒我什麼？懲戒我辦事不力嗎？我説過我需要時間！」

　　「這已經不是時間的問題了。你辦事是否出力，我們根本不知道，因為你和張小龍之間的**談話**，我們無法聽得懂。」

　　我心中暗自竊喜，説：「我用的是張小龍故鄉的土語，我相信這樣會更容易打動他的心，取得他的信任。」

　　那聲音説：「你別以為可以**耍小聰明**，你和張小

龍的談話，我們已全部錄了音，你回到你的房間後，我們會給你播放錄音，你要用英文將每一句話、每一個字都*翻譯*出來。」

「沒問題。」我聳了聳肩。

但他嚴厲地警告：「如果給我們發現你刻意譯錯了**一字半句**，到時的懲罰就不會那麼簡單，將會令你**畢生難忘**。你要知道，要找一個聽得懂你所說的那種 **方言** 的人，並不是什麼困難的事。」

我嚥了一下口水，心中暗暗吃驚，他們既然能把我帶來這裏，那麼要找一個聽得懂四明山區土語的人，自然不是什麼難事，三幾天便可以辦到。

我當然不會如實翻譯我和張小龍的對話，而他們亦不會盡信我所翻譯的內容，所以，他們一定會盡快找人另作翻譯的。

　　換句話說，我的**胡謅**大概只能騙他們三天左右，我必須在三天之內，想出辦法逃離這裏，否則三天之後，我能否保全性命也成疑問。

第廿五章

逃亡大計

　　他們給了我一部非常精巧的 數碼 **錄音機**，內裏儲存了我和張小龍以土語交談的完整錄音，他們要我把那些土語完全翻譯成英文，我答應三天後完成。

　　而這三天，也是我想辦法逃離這海底基地的 **最後時限** 了。

　　我回到房間後，便開始一面播放 **錄音**，一面埋頭翻譯着土語，假裝翻譯得很吃力，其實心裏在苦苦思索着逃走的辦法。

從我一來到這個海底基地開始，我便時刻觀察着這裏每一寸地方，同時亦細心地打聽所有大大小小的消息，為逃走作好準備。

我打聽到三日後恰巧有一隊人員會離開基地，到外面去執行任務，這或許是我逃走的一絲希望，到時我可以偷偷*跟蹤*這些人員，想辦法混入其中，與他們一起離開這裏。

但問題是，這海底基地的保安系統相當嚴密，幾乎每一個角落都有**監視鏡頭**和**竊聽裝置**，在他們的嚴密監視下，我怎樣執行**逃亡大計**？

而我早就發現有一個地方，是沒有監視鏡頭的，那就是**廁所！**

雖然沒有監視鏡頭，但我知道廁所裏還是有竊聽裝置的，然而，那已經是我突破野心集團監視的唯一缺口了。

於是，接下來的兩天，我悉心部署着我的逃亡大計。我假裝不適應他們提供的食物，腸胃不適，經常要上廁所。但我顯得相當勤力，把數碼錄音機也帶到廁所去，利用如廁的時間來翻譯。

我經常在廁所裏待很久，他們懷疑我是不是想動什麼 **鬼主意**

逃走，曾經派人闖進來查看，結果看見我正在如廁，十分尷尬，而他們亦相信我真的是腸胃不適了。

經過兩天的悉心部署，到了第三天，我向他們投訴，廁所的 **供水** **系統** 壞了，要求他們盡快派人來修理。當然，那其實是我刻意弄壞的。

他們很快就派了一名 **維修人員** 來處理，那人看樣子應該是日本人，滿臉皺紋，外表極平凡，是在街上遇上一百次也不會留下印象的那種。最幸運的是，他的身形和我十分相近，真是天助我也。

我和他一起進入了廁所，告訴他供水的問題。他一邊檢查，一邊和我聊天，問道：「你是新來的吧？」

他的日語帶着濃厚的 **北海道** **口音**，這種口音我非常熟悉，甚至能夠模仿得像當地人一樣，但此刻我當然不會刻意模仿，我只是用最簡單的日語和他交談：「是的，我不是日本人，但會一點點日語。」

我假裝日語說得有點蹩腳，他笑了笑道：「說得不錯了。」

「你離開**家鄉**已經很久了吧？」我問他。

他嘆了一口氣，說：「對，不知道北海道如今怎麼樣……」

他一面修理，我就一面陪他聊天，並且細心觀察着他說話的口音和語氣，還有他的表情神態和小動作等等。

我們聊了不短的時間，當我認為時機成熟的時候，我以**迅雷**不及**掩耳**的速度，伸出一隻手掩住了他的嘴，不讓他發聲，另一隻手掌猛力在他的後頸一砍，將他擊昏。

他整個人軟癱了下來，我心裏對他說了一句**對不起**，然後便開始發揮我的才藝，一人飾演兩個角色，**自問****自答**。

我模仿他的口音，扮成他說：「還差一點點就修好了。」

然後我又馬上變回自己的聲音接上去：「噢，那就太好

了。對了，你會不會唱北海道的 民歌♪ ？我聽過一首非常好聽的。」

我立刻又裝扮成那日本人的口音説：「哈哈，當然會唱，你説的一定是這一首——」

我隨即模仿他的 聲線 來唱着一首北海道民歌。我一面唱歌，一面小心翼翼地換上了那日本人的衣服，然後施展我高超的 化裝技巧，匆匆照着他的模樣來化裝。

　　我身邊總帶着一些十分靈巧的化裝工具，要化裝成那日本人的模樣，我可以在三分鐘之內完成，問題是我要唱着三分鐘的民歌來掩蓋我行動的聲音，不讓 監聽者 起疑心。

　　當我唱完那首民歌的時候，化裝亦已經完成，從頭到腳都裝扮成那個日本人的模樣。我鼓起掌來，以自己的聲音用日文説：「沒錯，就是這首歌，你唱得真好。」

　　然後我又扮那日本人説：「哈哈，謝謝。我也修好了，你試試看。」

　　我拿出那部精巧的 數碼 錄音機 ，放到竊聽裝置的附近，播放起聲音來，那是開 花灑 的聲音，是我過去兩天把自己洗澡的聲音錄下來的。

　　「有水了，謝謝你。」我説：「我終於可以洗澡了。」

　　接着我又扮那日本人的聲音説：「不用客氣，你洗澡試

試看，如果還有問題就通知我吧，我先走了。」

「好的，再見。」

我就這樣自問自答，拿着那日本人的  工具箱，扮成他走了出去，把廁所門關上。

我戰戰兢兢地離開房間，不知道四周的監視鏡頭會否認出我是衛斯理，而廁所裏仍然播放着洗澡的聲音。

當然，那段錄音也支持不了太久，監聽的人早晚會揭發我的**把戲**。所以，我必須盡快逃離這個海底基地。

幸好我所扮的這個日本人，外表非常平凡，在基地裏走來走去，也不會引起其他人特別注意，而 **◉監視 系統** 自然也會把我忽略掉。

我知道今天有人員要離開基地，到外面去辦事，所以我不斷四處蹓躂，尋找着那些人，終於在另一樓層讓我碰見一個穿著不同制服、相信是準備出發的人員。於是我很有技巧地跟蹤着他，希望可以找到機會混入他們當中，一起離開。

只見那人一直走到 **升降機** 門前，等着升降機，我也若無其事般在旁邊等着。

升降機到了，門一打開，那人便跨了進去。

當我也準備跨進升降機之際，背後卻突然有人在叫道：

「久繁！久繁！」

　　我還以為升降機裏的那個人名叫久繁，有人在喊他，可是我聽得出，「久繁」是一個日本人的名字，而升降機裏的人，怎麼看也是一個洋人，又何來會有一個日本人的名字？

　　我也不管那麼多了，正舉步踏進升降機之際，背後忽然有人重重地搭着我的肩頭說：「久繁，我在叫你，你怎麼不理睬我？」

第廿六章

我差點忘記了自己正在扮演着一位 ●日本 技 工，而「久繁」顯然就是他的名字。

我回頭望向叫我的人，看來他也是日本人，約莫三十多歲，身上穿著 工程 人員 的制服，他望着我的臉，使我十分緊張，擔心他認出我並非真正的久繁。而且我根本不知道他叫什麼名字，一時間也不懂如何回應。

這時候，我聽到升降機關門的聲音，那個準備今天離開基地的人員，乘搭升降機走了，我賴以逃走的唯一線索就這樣斷掉。若不是四周佈滿 ●監視鏡頭，我真想將

眼前這個拉住我的人狠狠地揍一頓。

那人説：「久繁，下班了，去喝一杯吧。」

我聞到他身上有一點酒氣，估計他已經偷偷喝了些酒，這對我來説是不幸中的大幸，因為如果他完全清醒的話，很可能就認出我是偽冒的久繁了。

「**好👍**。」我點了點頭，心裏想着要盡快把他灌醉，一勞永逸。

那人「**格格**」地笑了起來，「甘木是不是送了一瓶**美酒🍷**給你？去你那裏喝吧！」

那人興高采烈地走在我的前面，我反倒跟在他的後面，因為我根本連久繁的房間在哪裏也不知道。

沒多久，他便來到一扇門前，伸手從我的制服裏取出**門卡**開門，從他的行為可見，他和久繁的關係相當要好。

進入房間後，我匆匆關了門，而他則熟手地把燈開了，

還懂得在櫃子裏取出一瓶**威士忌** 。

他倒了兩杯酒，給我遞上一杯的時候，忽然定睛望着我，揉了揉眼説：「**老天，你是久繁麼？**」

我和他坐得太靠近了，使他能看清楚我的臉，我立刻緊張起來，連忙模仿久繁的口音，打哈哈説：「你以為我是什麼人？你是不是喝醉了**？**」

他聽了我的話，立即認真起來，「開玩笑！我怎麼會醉？才喝了那一點點酒！」

他隨即把手中那杯酒 **一飲而盡**，然後又倒了一杯。而我只是裝模作樣地呷了一小口。

只見他連飲幾杯，醉意漸濃，開始向我吐苦水：「久繁，我想家了。」

我以久繁的口音説：「你別隨便亂説話，被上司知道就不好了。」

「所以我來這裏喝，在你這裏我才不怕暢所欲言。」

他這麼説，或許因為久繁只是一個最平凡的**技工**，所以監察系統根本不會特別注視久繁在房間裏的言行。

於是我也把膽子放大些，問他：「那你為什麼不回家？」

他立即苦笑道：「久繁，你是什麼時候學會了開玩笑的？先不說我有沒有辦法離開，要是我這刻走了，豈不是**前功盡廢**？」

「什麼前功盡廢？」

「他們答應過，只要事情成功了，就讓我做遠東區的**工業部首長**。」

聽了他的話，我差點把喝到嘴裏的一丁點酒也噴了出來，因為我也是未來遠東區 **警察首長** 呢，如今遠東區兩大巨頭聚首，還真難得。

我擺出感同身受的樣子，慨嘆道：「誰不想家？想也沒用，我們沒辦法回去。」

他沒有説話，一連喝了三杯酒，才湊到我耳邊低聲説：「久繁，你可想得到，我今天幾乎離開這裏了！」

「**什麼？**」我大吃一驚。

他搖頭慨嘆道：「幾乎離開了……如果我能下定決心，現在彌子已經在我的懷抱之中了！」

彌子一定是他的 妻子 或 情人 ，我立即乘勢問：「你原本打算怎麼走？」

他又再飲了幾口酒，拿着酒杯説：「工程部最近發明了一種東西，叫做『 魚囊 』，就像一條大魚似的 膠囊 ，人在那膠囊中，操縱 控制桿 ，便可以像魚一樣在海中高速游行。」

我不知道他這番話是酒後吐真言，還是胡謅，於是故意質疑他：「**騙人的吧！**」

　　但他突然握住了我的手腕，認真地說：「騙你幹嘛？我告訴你，製造『魚囊』的最後一道工序，是由我負責的，而且每一具『魚囊』，經過最後一道工序後，要在海底試用，也是由我負責。我已經計算過，只要七小時，我就可以見到彌子了！七小時！彌子！」

　　他講到這裏，突然唱起一首古老的 ●日本情歌♪來。

這首日本情歌，是説有一雙 **情侶**，被大海分隔於兩端，互相思念，不能相見。音調十分滄涼。

「彌子，五郎來了！彌子，五郎來了！」他的情緒愈唱愈激動，我感覺到他的意志力快脆弱到要崩潰了，突然想到一個主意，嘗試用 **催眠術** 來引導他。

「五郎，你是不能離開彌子的，彌子對你來説，比一切都重要！」

老實説，我並不擅長催眠術，但五郎的 **精神狀態** 實在到了最薄弱的時候，使我有機可乘。他聽了我的話後，也跟着重複地説：「彌子比一切都重要。」

我喜出望外，接着又説：「你要用一切辦法，離開這裏去見她！魚囊是你掌管的，你可以順利地離開，七小時之後，你便能見到彌子了，你不想嗎 **?**」

「**想！我想 ！**」五郎的語氣漸漸變得堅定。

「事不宜遲，我們該走了。」

沒想到我的催眠術如此有效，他立刻站起來，走出房間，我連忙伴着他，極力讓別人看不出什麼異樣來。

我跟隨着五郎，乘坐升降機前往最低的一層，來到了一扇 圓 形 的 鐵門 前。

在那扇鋼門上，有一個極其複雜的 密 碼 盤 ，但刻度上刻着的，卻不是數字或字母那麼簡單，而是各種沒有關連意義的圖案。

五郎轉動着那刻度盤，我注意到他轉動的次數，發現那是一個七組三個圖案構成的密碼，此時我的 心 跳 聲 ，比刻度盤轉動時所發出來的「格格」聲還要響。

一個喝醉了、又受到催眠的人，還能記得如此複雜的密碼嗎？我真擔心，如果他轉動密碼出錯，會有什麼後果，會不會響起 警 號 來？

但我發現我的擔心是多餘的，大概花了兩分鐘，五郎便「**卡**」的一聲解了鎖，把那扇圓門推開。我頓時覺得，**遠東區工業首長**果然不是浪得虛名。

進去後，我看到一條寬約三尺的 **傳動帶**，五郎拉着我，站了上去，傳動帶便向前移動，帶我們穿過一間間工作室，四周擺滿了我叫不出名字來的儀器和工具。

我們來到盡頭的一間工作室，便從傳動帶走下來，只見這工作室的牆壁上，有五個直徑兩三尺的 **圓 形 洞 孔**，地上有一個 **鋼架**，擺放着三具我從來也沒見過的東西，形狀就像三條被剖開的大魚，「魚皮」只有五公分厚，裏面有按照 **人體曲線** 而造的軟墊，讓人可以舒服地睡在裏面，我覺得甚至可以用「魚形睡袋」來形容它。

五郎仍然在被我催眠的狀態中，我問他：「這就是『魚囊』嗎？怎麼用？」

「**對**。」他一面說，一面爬進其中一具魚囊，按了一個按鈕，魚囊便「啪」的一聲合了起來，十足像一條大魚。

這時候，我已經知道這具所謂「魚囊」，實際上就是一艘性能極佳，極其輕巧的 單人小潛艇 。

我心中雀躍不已，從魚囊頭部的透明部分望進去，只見五郎正舒服地睡在裏面。

我連忙拍了拍魚囊，叫道：「五郎，快教我怎麼操作它。」

魚囊又從中打開，五郎坐起來說：「這魚囊的動力，是用最嶄新的一種 固體燃料 ，操作十分簡單——」

五郎十分扼要地告訴我幾個按鈕和操縱桿的用途，又向牆壁上那些洞孔指了一指，說：「只要把魚囊放進這五個 發射管 中的任何一個，按動魚囊的 按鈕 ，就可以像魚雷一樣發射出去了！」

「他們不會發覺嗎？」我沉聲問。

五郎説：「當然會，但是這魚囊細小而高速，到他們發覺的時候，想把魚囊抓回去，也如 大海撈針 了。」

我心情興奮不已，細心再默念一遍他剛才所説的操作方法，作好心理準備後，抬頭説：「那事不宜遲了，我們現在就——」

怎料五郎竟不見了，我大為緊張，低頭一看，原來五郎已醉倒在地上，ᶻᶻ呼呼大睡。

第廿七章

大逃亡

　　五郎在醉倒之前，已經教懂我怎樣操作魚囊，現在我大可不必理他，逕自駕駛魚囊逃離這鬼地方。

　　雖然五郎被人發現後，一定會受到懲處，但估計也是針對他醉酒而言，而他在這方面恐怕是個**慣犯**，工作期間也偷偷喝酒，那麼他因此受到懲罰，也無可厚非。

　　但當我正想跨進魚囊的時候，心中突然又猶豫起來，因為我想起了張小龍。我受張海龍所託，幫他尋找兒子的下落，如今好不容易找到了，雖然張小龍對我不信任，但我總不能就這樣自私地 *不顧而去*。

可是我時間無多，一來我假裝正在浴室裏洗澡的把戲很快就會被 *揭穿*，二來我和五郎的行動已被不少 監視鏡頭 拍下，雖然幸好暫時沒有人察覺到，但遲早也會被人發現的。

我用極短的時間估算了一下，從這裏到張小龍的房間，大概需要兩分鐘時間，然後我簡單扼要地向他説明情況，告訴他有逃走的方法，務求在一分鐘之內勸服他和我一起逃

走。到時無論他答應與否，我都必須 **立即離開**，因為我以久繁的身分進入了張小龍的房間，還説了一堆奇怪的話，必定會引起監視系統注意的。我要以最快的速度回到這 **工作室**，發射 **魚囊** 逃走。

這一切行動加起來，如果我控制得宜的話，可以在五分鐘內完成。我深吸一口氣，決定放手一搏，去冒這五分鐘的 **風險**。若張小龍答應跟我一起逃走，固然最好；但如果他拒絕，我也算盡了最後努力和責任，不必太內疚。

我向倒在地上的五郎看了一眼，立即將他拖進鋼架底下，不讓監視鏡頭看到，然後便匆匆走了出去，將門關上。

幸好外面四周都沒有人，我以久繁的步姿來到了 **升降機** 前，不一會，升降機的門打開，我走了進去，內裏也是沒有人，我以久繁的口音説出張小龍所住的層數，升降機系統也沒察覺到異樣，把我送往該樓層。

　　我正慶幸一切進展十分順利之際，怎料升降機還未到達張小龍所住的十七樓，便突然停了下來。

　　我心中一凜，連忙側身而立。只見升降機的門打開，甘木和另一個人跨了進來！

　　那片刻間，我的心跳得像打鼓一樣，甘木一進升降機，說了他要去的樓層後，便疑惑地望着我說：「久繁，你已經下班了，還不休息麼？」

　　「是！是！」我模仿着久繁的聲音，並且盡量低着頭，不讓甘木看清我的臉。

　　甘木又說：「你今天去衛斯理的房間修理廁所時，他有沒有耍什麼花樣？」

「**沒有**。」我盡量答得簡短。

甘木「嗯」了一聲，轉過頭去，對和他一同進來的那人說：「張小龍總算識趣，終於答應和我們**合作**，那說不定是衛斯理游說的功勞。」

我登時感到十分驚訝，但極力使自己鎮定，沒表現出來。

那人說：「我們派駐在各地的人員，已接到指令，開始盡量接近各國的＊政治＊首腦、軍事首腦和科學首腦。」

甘木搓了搓手道：「只等張小龍將大量的 黑海豚 內分泌液，離析出來後，我們征服世界的目的，便可以達到了！」

那人「哈哈」地笑了起來，「張小龍接受了遠東區科研首長的地位，便心滿意足了，他當真是個傻瓜，哪像你那樣，可以管轄整個亞洲！」

甘木在那人的肩頭上一拍，笑道：「那你呢，整個歐洲！」

他們兩人都開心得笑逐顏開。

從他們的對話聽來，那人應該和甘木同樣地位，野心集團首腦的四個秘書之一。

而且我更知道，原來他們準備以 海豚 的 內 分泌液 來改變他們要操縱的人。海豚本來是智力十分高的動物，但也是最容易接受訓練和聽從指令的動物，的確是最理想的 動物 之選。

但同時，我心裏感到十分 憤怒 ，除了因為這個野心集團的所作所為外，也因為我冒着這麼大的危險，一心去拯救張小龍逃離這裏，可是沒想到張小龍卻在最後關頭，答應和

這個野心集團合作！

　　幸而我在升降機中，聽到了甘木和那人的對話，要不然，我冒着生命危險去找張小龍，豈不是變成了*自投羅網*嗎？

　　但我感到十分痛心和難過，因為張小龍答應了和野心集團合作，人類將會面對一場**大災難**。

　　在甘木和那人得意忘形的笑聲之中，我頭脹欲裂，幾乎忍不住要出手將他們兩人幹掉。

　　但是我竭力控制着自己的情緒，不讓自己那麼做，因為我要活着離開這裏，而且還要向世界揭發這野心集團的**陰謀**，制止災難發生！

　　甘木和那人先離開升降機，我本來打算冒五分鐘的危險去救張小龍，如今不必了，當升降機到了十七樓，我馬上又指示升降機送我到最低的一層去。

這時候，我五分鐘的冒險已縮短成三分鐘，我到達該層後，一陣風似的掠到了那扇 **鋼門** 門口，根據我的記憶，轉動那個 **密 碼 盤** 。

那是七組三個圖案所構成的密碼，異常複雜，我手心冒汗，竭力地憶起五郎當時所轉動的密碼。當轉動到最後一組圖案的時候，突然傳來一陣「閣閣」的 **皮靴聲**，自遠而近，急速得有點不尋常，我懷疑我的行動已經被人發現了。

我極力地鎮定心神，把最後一組 **圖案** 記起來，轉動密碼盤的「**格格**」聲，和來人皮鞋的「**閣閣**」聲，交織成最恐怖的 **背景音樂♪**。

當我把全部密碼轉完後，「**卡**」的一聲，那扇門終於可以打開來了，但

91

這時候，我聽到跑來的人叫道：「五郎，你開夜工嗎？上頭有 **緊急指令**，所有人暫停工作，全力搜捕衛斯理！」

此時我已經別無選擇，只能和時間競賽了。我不理他們，連忙飛奔進入工作室，把門關上，只聽到他們立即怒喝：「**你在幹嗎？**」

我飛快地進入了最盡頭的工作室，來到一具魚囊的旁邊。此時我已經聽到那些人在拍門大叫：「衛斯理，我知道是你！快開門，你逃不了的！」

他們已經揭穿我的身分了，如今只剩下極短的時間讓我逃走，我抱着魚囊來到 **發射管** 前，迅速把魚囊放進五個發射管中的一個。然後我進入魚囊，當一切準備就緒後，我

便根據五郎所説，按下了那個**金色**的按鈕。

　　在我一按下那按鈕之際，我聽到他們已經打開了那密碼門，正衝進來抓捕我。

　　幸而魚囊已在**發射** **彈道**之中，迅速地向前滑出。我感受到六七秒鐘輕微的震盪後，便發現魚囊已經在海底航行了。我通過前面的透明窗口，看到了外面黑沉沉的**海底**，魚囊正以極高的速度噴射前進。

　　大約過了兩分鐘，儀表上響起了**警報**，我從屏幕看到魚囊後方發生了接連不斷的爆炸，水泡不斷地上升。我知道那是野心集團在不斷地發射**魚雷**攻擊，想將我炸成碎片。

第廿八章

命懸一線

我記得五郎說過，這魚囊是最新的設計，沒有什麼東西在海底裏可以追上它的速度。幸好他沒有騙我，那野心集團向我射來的 **魚雷** ，沒有一枚能碰到我。

我操縱着這具奇異的「 **魚囊** 」，一直向前駛着，直到半小時之後，我才開始使用它的自動導航系統，我知道要回家，大約只要六小時就夠了。而我也不必再假扮久繁，所以我在魚囊裏慢慢地把臉上的偽裝抹去。

連日來，我異常緊張的心神，到這時候，才略為放鬆了一下。

我已經想好了接着的步驟，一上岸，我就找**霍華德**，將我的經歷告訴他，立即向 **國際警方** 的最高首腦報告，然後再通知世界各國。

至於張小龍的事，我實在不知道該如何向張海龍説明。張海龍是那麼相信自己的兒子**威武不屈**，絕不會作壞事；如果我告訴他，他的兒子答應和那邪惡到極的**野心集團**合作，企圖征服世界，張海龍受得住這樣沉重的打擊嗎**？**

大約三小時後，魚囊的 *定位* **系統** 顯示已接近岸邊，我不敢讓魚囊浮出海面，以免驚人耳目，於是我在一個深約十公尺的海底，停下了魚囊，同時按下 **按鈕** ，魚囊便打開了。

我從魚囊裏浮上海面，眼前是我熟悉的海岸，我立刻拚命游到岸上去。

　　當我再次看到了青天，看到了白雲，呼吸到陸地上的空氣了，我忍不住大聲怪叫起來。

　　這裏是一個小島的背面，夏天或許還會有些**遊艇**來，但現在卻冷僻得可以。

　　我知道只要繞到島的正面，便有渡船可以送我回家去。可是我才走了幾步，便聽到海面之上，傳來了一陣急驟的**馬達聲**。

我回頭看去，只見三艘 **快艇**，正向岸上直衝過來。同時，頭頂上也傳來了軋軋的聲音，抬頭一看，是一架 **升降機** 在我頭頂上徘徊，而且有四個人跳傘而下！

我心知不妙，連忙不顧一切逃跑，可是「**格格格格**」地一排機槍子彈自天而降，在警告着我。

我知道自己是沒辦法逃得掉了，只好站定身子，任由那四個人就地將我圍住。

他們身上的 **降落傘**「**嗤**」的一聲自動縮小，縮進背囊之中，如此先進的技術，使我猜想他們一定是野心集團的人。

而轉眼間，快艇也趕到了，又有四個人飛奔過來，我看到其中一人頭髮披散，像一頭兇惡的 **雌豹** 一樣，而她正是 **莎芭！**

在莎芭那美麗之極的臉容上，現出了極其得意而殘酷的微笑，「衛斯理，你白費心機了！」

我苦笑了一下，「是麼？」

莎芭格格地笑了起來，「在我們的 追蹤 雷達

下，即使你逃到北極海底，一樣會被我們的人攔截到，但是

我更喜歡你落在我的手中。」

她身邊的一個人提醒道：「**莎芭，總部命令，**

將他就地解決，把魚囊銷毀！」

我一聽那人的說法，心頭不禁狂跳起來！

但是莎芭卻 **睥睨** 👁 着我說：「你們先將魚囊毀去，這個人我要慢慢地處置。」

那人緊張起來，「這⋯⋯有違命令！」

莎芭反手一個巴掌，打得那人後退了一步，「一切後果由我負責！」

那人撫着臉，一聲不出，和其餘兩人返回海邊。莎芭和四個 **從天而降** 的人，則仍然將我圍住。

莎芭不住地望着我冷笑，我不去看她，只見那三人，駛着一艘 🚤 **小艇**，在離岸十來碼停了下來，一個人躍下海去，不一會，那人又浮了上來，攀上了快艇，快艇又向外駛去。

不到兩分鐘，海面之上，冒起了一股 **水柱**，然後又迅速消失，而我知道那具魚囊已經被消滅了。

同時，我看到一艘遊艇，正駛了過來。等那艘遊艇泊岸後，莎芭喝令：「上遊艇去！」

　　我知道莎芭對我 **懷恨在心**，因為當日她抓住我，將我送去見漢克的途中，我不斷用言語戲弄她。如今她一定希望將我折磨個夠後，才執行總部的命令，把我 **殺死**！

　　我萬萬沒想到，千辛萬苦逃離了那個 **海底基地**，結果卻換來一個更痛苦的死法。

　　在無計可施的情況下，最好的策略就是拖延時間，於是我說：「莎芭，以你的職位，沒資格對我 **施刑**，我可是跟你們集團的首腦對話過的。」

「**胡說！**」莎芭怒罵。

「是真的，他還說，如果我能成功說服張小龍，便讓我擔當遠東區的 **警察首長** ，甚至成為世界上最有 **權力** 的十個人之一。而結果我辦到了，張小龍不是已經答應合作了嗎？所以我至少也是遠東區的未來警察首長，你沒權折磨我，不信的話，你可以聯絡總部問清楚。」這時他們已經將我押到遊艇上，我繼續口不擇言，志在拖延時間，尋找脫身的機會。

「**你閉嘴！**」莎芭揚起手，就向我面上摑來。

　　但我伸手一擋，變成與她擊掌，我還故意歡呼一聲：
「耶！慶祝我登上遠東區警察首長之位。」

　　莎芭氣得想把我吞進肚裏，其中一個用槍抵住我腰際的
人勸道：「莎芭，別跟這個人糾纏了，聽總部説，盡快解決
他吧！」

　　但莎芭受了我那麼多的氣，又怎甘心讓我 **一死了之**，
她露出狡獪的笑容説：「先將他押到 **黑艙** 裏去，我要他受
夠了痛苦才可以死！」

　　那幾個人無可奈何，只好照做。一個大漢搶先一步，拉

開了掛在艙壁上的一幅 **油畫**，露出了一道 **暗門** 來。他用槍口頂開了那道暗門，喝道：「進去！」

我慢吞吞地跨了進去，馬上「**砰**」的一聲，那扇暗門已經關上。我眼前一片漆黑，只在一道隙縫中，有一點點光線透進來。

這是一個十分潮濕，四尺見方的「**籠子**」。我細心摸索檢查過，沒有一處破綻可供我逃出去。

我在籠子裏等了沒多久，便聽到外面有人叫道：「莎芭，不要太任性了！」

然後是一陣「**霍 霍 霍**」像是揮鞭的聲音，並聽到莎芭說：「我要他全身 **皮 開 肉 裂** 而死！叫他出來！」

就在危急關頭，我情急智生，將身體縮成了一團，緊緊地貼在那扇暗門的旁邊。平常人是不能將自己的身體縮得如

此細小的，我全靠着深厚的 **中國武術** 根基才做到。

我很快就聽到油畫向旁移開的聲音，連忙將身子縮得更緊。只見暗門打了開來，有人喝道：「出來！」

我一聲不響，那人又喝道：「出來！」

他一面喝，一面將機槍伸進來搗我。這正是我等待着的機會，我一伸手，抓住了機槍，順勢向外一撞，機槍柄撞在那人的**肋骨**上，我聽到肋骨折斷的聲音，而幾乎同時，一陣驚心動魄的**槍聲**響起，如雨的子彈從暗門中射了進來。

但因為我將身子縮得如此緊，子彈只在我身旁飛過，卻打不中我。

而我不等他們射出第二輪子彈，便已掉轉槍柄，扳動了槍機，「達達達」地射了約莫一分鐘，把子彈射完為止。

此時我緊張得喘着氣，因為我的 **子彈** 已射完了，如果外面還有人未死的話，我就只能在這裏等死了。

但過了十秒鐘，外面依然一片寂靜。我探頭出去，只見艙中橫着七八具屍體。其中莎芭的身子最遠，手中握着一根**電鞭**，顯然是準備用來毒打我的。

我在遊艇上找到一套乾淨的衣服換上，然後便匆匆走出艇艙，躍上一艘 **快艇**，發動馬達，向那離島的正面駛去。

莎芭想令我死前多受痛苦，結果，卻變成拯救了我，這可真是**時來運轉**。

幾經轉折，當我回到家門口的時候，已經是**萬家燈火**了。

我取出了鑰匙，開門進去，竟發現沙發上睡了一個人。只看他的背影，我就知道是**霍華德**。

　　我並不奇怪霍華德為何會出現在我的家中，並且睡在

沙發 上。

　　因為我忽然失蹤多天，霍華德自然是 **焦急萬分**，

天天來我家跟進情況，等候我歸來，倦極而睡也是意料中

事。

　　我走過去推醒他，想給他一個意外驚喜，可是當我走近

一看，眼前的情景卻嚇了我一跳。因為我看到霍華德耳後有

幾個針孔，也看到了霍華德發青的面色。我大叫一聲：「霍

華德！」

但霍華德當然不會回答我，因為他已經**死**了，又是死

於那種 **毒針** 之下。

第廿九章

發現了霍華德伏屍在我家裏，我第一時間擔心起管家老蔡來，連忙大聲叫道：「老蔡！老蔡！」

我忽然聽到樓梯傳來腳步聲，以為是老蔡，怎料當我回頭一看，竟見到一個戴着 恐怖面具 的人，而且看身形就知道不是老蔡。

「你是——」我一愣之際，聽到「嗤」的一聲，在本能反應下，我連忙伏地打滾，抓起一張 茶几，向對方拋了過去，然後躲到沙發後面。但是，我只聽到茶几落地的巨響，接着是一下重重的關門聲，我知道對方已經奪門逃去了。

　　我並沒有追出去，因為我仍擔心老蔡的安危，於是迅速搜遍全屋，幸好沒發現老蔡的屍體，只找到幾枚剛才射不中我的 毒針。

　　我立即打電話給老蔡，一聽到電話的接駁鈴聲，我便記起了，老蔡曾向我請假回鄉，原來剛好是這幾天。

　　老蔡接到我的電話，十分驚訝：「少爺，你沒事吧？上次兩個美女來找你之後，你就失蹤了，霍華德先生叫我不用擔心，將事情交給他處理。」

　　他所講的美女，自然是**莎芭**和**張小娟**，後來我就被莎芭擄去了。我不想影響他回鄉探親的心情，所以沒有告訴他霍華德已被殺死，只對他說：「我當然沒事。你盡量多留幾天，不用那麼快回來，因為我也有很多事要辦，不會在家裏。」

　　我才剛掛掉電話，**門鈴聲**卻忽然響起，我沒有立刻去應門，因為發生了這麼多事，我隱隱覺得來者不善，萬一對方隔着門給我開一槍的話，我便一命嗚呼了。所以我決定躲到一幅**落地窗簾**的後面，先靜觀其變。

　　門鈴連續不斷響了一分鐘之後，便停了下來。我以為來人一定是離去了，怎料突然「**克勒**」的一聲，使我不禁毛

髮直豎起來,因為那正是用鑰匙開門的聲音!

　　事情變得愈來愈可疑了,誰會有我家的**鑰匙**?而這個人明明有鑰匙,為何又拚命按門鈴呢?他的用意顯然是想試探一下屋內有沒有人,由此可知,我的直覺沒有錯,此人果然來者不善!

　　我在窗簾縫中望出去,看到門柄緩緩地轉動着,然後「**拍**」的一聲,門被打開了!

　　我緊緊地屏住了氣息,進來的是什麼人,在五秒鐘內便可揭曉了。

　　但**大門**被推開了半寸就停住,我無法看到門外是什麼人,但我知道對方正在利用那半寸的門縫,看清大廳中的情況。我心中暗忖,敵人如此細心謹慎,必定難以應付。

　　我仍然**屏息靜氣**地等着,而門外那人顯然也在考慮着是否應該進來,因為他既不關門,也不將門開得更大。

足足過了幾分鐘，我幾乎不耐煩要衝出去看看對方的 真面目 之際，大門終於被推開了，一個人輕輕地走進來。

那一剎間，我整個人像是在 冰箱 中凍了十來個小時一樣，全身發涼並僵住了，因為我萬萬沒想到，侵入我屋中的，**竟然是張小娟！**

我更沒想到的是，她居然毫無懼色地走到霍華德的屍體旁邊！要知道，在這情況下，一般人的反應應該是驚叫、逃跑、呆住，或者是立刻報警的；但她卻蹲了下來，以熟練的手法檢查霍華德的 肌肉，確定他是否已死，和死去多久！

我正考慮着要不要現身，當面問清楚她到底在幹什麼？為什麼會有我家的鑰匙？而且見到霍華德的屍體也不驚慌，還以特務般的熟練手法去檢查屍體？我心中對她的疑問實在有太多了！

在我仍考慮着的時候，張小娟卻忽然叫道：「**衛斯理！**」

我當場嚇了一大跳，以為自己已經被她發現，幾乎立即應出聲來之際，我卻留意到她並不是望向我，而是抬頭望着樓上的，同時，她的手中已多了一柄十分精巧的**手槍！**

那柄手槍證明了她是一個有着雙重人格的人，並非平時所見文靜乖巧的 **富豪千金** 那麼簡單！

只見她繼續叫道：「衛斯理，你可在樓上？我來了，你知不知道？」

我略鬆了一口氣，張小娟並非發現了我，只是想試探我是不是在樓上而已。

我知道她一定會到樓上去看看的，我決定默不作聲，等她一上樓，我便立即離開，先聯絡 **國際警方**，而張小娟的離奇舉動可以慢一步再查，以大事為重。

　　果然不出我所料，張小娟一邊叫着我的名字，一邊走到樓上去。等到張小娟的身影在 樓梯 轉角處隱沒時，我立即閃出了窗簾，以最輕最快的腳步，向門外掠去。

　　我必須先找個安全可靠的地方，靜下心來，把我的經歷和野心集團的重大陰謀告訴國際警方。恰巧今天是假日，我的公司沒有員工上班，於是我立即截 的士 回公司去。

　　坐在自己的 辦公室 裏，我終於有了一點 安全感，鎮定心神後，我便打電話給國際警方總部的朋友納爾遜先

生。電話一接通，我便說：「納爾遜，我是衛斯理。我——」

　　我正要把事情告訴他之際，他卻打住了我的話頭，態度

輕浮地説：「哈哈，衛斯理，很久不見了，你女朋友最近還有偷偷查看你的**手機**嗎？」

　　我當場呆住不懂反應，納爾遜到底在説什麼鬼話？白素什麼時候查看我的手機了？況且我根本就沒有和他提過任何**男女感情**的事！我正想罵他發什麼神經之際，卻忽然想到，納爾遜不會無緣無故變得這樣語無倫次的，所以我懷疑，那其實是 **暗 號**，他在向我暗示，他的電話可能受到**監 聽**。

　　於是我嘗試順着他的話來接下去：「你誤會她了。要知道，我平時的**歷險生活**是多麼的危險，隨時可能丟掉性命，她只是擔心我的安危，所以才會查看我的行蹤。」

　　納爾遜繼續笑道：「我想她是杞人憂天了，你**身手**

這麼好，頂多有時會失蹤幾天，但性命應該是無礙的。」

聽他這樣說，我更肯定他正在用 **暗語** 和我溝通，他暗示知道我失蹤了幾天，但認為我的性命應該沒危險。

我立即苦笑道：「要是運氣差一點，上帝送我九條命也不夠死。而且，有些危險不單對我本人，有時甚至 **威脅** 到全世界。」

我在向他暗示，這次事件的 **嚴重性**。

「好吧，好吧，我誤會你女朋友了，我過兩天請你們吃飯賠罪。」納爾遜暗示過兩天親自來見我，與我面對面詳談。

但我着急地說：「不能快一點嗎？我這次打電話給你，是要告訴你一個壞消息。你上次送給我種的 **盆栽** ，剛剛枯死了。如果不盡快查出原因，恐怕你自己種的那些也會很快 **枯萎**。」

　　我相信納爾遜聽得懂，我是説他派來的霍華德已遇害。

他頓了一頓，才説：「我有一個朋友剛好在你那邊，他是種

植方面的專家，我拜託他先去協助你吧。」

　　我無可奈何，只好説：「好吧，我現時在公司裏。」

接着納爾遜向我形容了一下那個人，是身材高大的

英國**人**，**金髮**，蓄着金色的**鬍子**，名字叫**白勒克**。

我掛線後，才敢驚訝地喘着大氣，沒想到連國際警方也

抵禦不了被竊聽監視，那一定是 **野心集團** 的傑作。如

今，不只我自己，整個世界都處於極度危險之中。

第三十章

不存在 的 地址

　　野心集團居然連國際警方的通話也能竊聽到，令我非常驚訝，同時也意識到，即使在自己的辦公室裏，也不是百分百安全。

　　我猶疑着要不要再換一個地方，可是如今又有哪個地方能確保安全呢？而且我很快就收到**白勒克**的電話，他説一小時內就可以來到我的公司，行動果然迅速，我便繼續留在公司裏等他。

可是等了一個半小時有多，白勒克還沒有出現，我嘗試撥回他的 📞 電話，卻接不通。我覺得事情有可疑，便望出窗外，看看外面的情況。

看了一會，我留意到對面 行人路 上，有一個穿著花格上衣，身形高大的 金髮男子。但是那男子不是站着，而是一隻手臂靠着 電燈柱，頭枕在手臂上。

看他的情形，就像是一個酩酊大醉的 *醉漢* 一樣。而從外表看來，他跟納爾遜所形容的白勒克完全脗合！

我立即下樓，跑到對面街上去，來到他的身邊，問：「是白勒克先生麼？」

那人慢慢地轉過頭來，我一看到他的臉，心臟幾乎停止了跳動，因為那人面上已 **全無血色**，在街燈的映照下，如同一張 **慘綠色** 的紙。

他掀動嘴唇，發出了極低的聲音說：「我是白勒克，我⋯⋯遇害了⋯⋯你快⋯⋯到⋯⋯富豪路⋯⋯一號去⋯⋯快⋯⋯可以發現⋯⋯」

他只講到「**可以發現**」，面上便起了一陣異樣的抽搐，眼珠幾乎也凸了出來，身子一軟便倒下去。我連忙俯身去看他，他面上的肌肉已經僵硬了。

而這種 **死狀**，我已見過不止一次了。和以往我所見的一樣，白勒克是死於 **毒☠針** 的！

　　我連忙站起身來，在這種情形下，我不能再理會白勒克的屍體，因為我很可能已成為了 **靶子** ◉ ，敵人的毒針隨時會向我射來。

　　我急步離開，穿出了橫巷，迅速地趕上了一輛 **的士**，說：「**麻煩去富豪路一號。**」

　　的士司機卻皺着眉頭問：「對不起，富豪路在哪裏？你可以帶路嗎？」

我 **一時** 語塞，因為我也不知道富豪路在哪裏，只是白勒克臨死前特意叫我去，説可以發現什麼似的。

「我也不知道，是朋友給我的地址。麻煩你先開車隨便走，我馬上查清楚再告訴你。」

於是的士司機便開車漫無目的地繞着圈，而我立刻用 **手機**  查詢富豪路的位置。

可是我發現這座 **城市** 根本沒有一條路叫富豪路，那麼白勒克叫我去的地方，到底在哪裏呢 **？**

司機不停繞着圈，不知道該往哪個方向駛，因為我們連目的地是哪個地區也不知道。

不過，我總覺得「富豪路」這個名字有點熟悉，好像在哪裏見過，但 **地圖資料** 卻完全找不到這條路。

司機正等待着我的指示，我閉上眼睛，細心回憶起白勒克剛才説那番話的情景，他是用 **本地話** 説的，可能他派

駐這裏工作已有一段時間，所以本地話講得不錯，但發音難免還是不標準。

於是我開始推測，他可能不是說「富豪路」，只是發音不準，所以聽起來好像是「富豪路」而已。當我想到這裏的時候，腦海裏立刻浮起了一個畫面，在年三十晚上，張海龍用他的**勞斯萊斯**載我到郊外那別墅去，車子停在私家路口前，司機下車去開大鐵門的時候，我看到過「福豪路」這三個字的路牌。

莫非白勒克想說的是「**福豪路**」，而不是「富豪路」？而「**福豪路一號**」，正正就是張海龍給兒子住的那座**別墅**🏠！

我不肯定這個推測對不對，但除此之外，我也不知道該叫司機駛去哪裏了。於是我對司機說：「對不起，應該是福豪路，不是富豪路。」

司機向我確認了一下福豪路的位置，便立刻全速前往目的地。

大約四十分鐘，車子便到了那扇 **鐵門** 前面，我從車窗看出去，看見大鐵門旁邊的石柱上，有一塊十分殘舊的 **路牌** ，寫着「**福豪路**」三個字。

我付了車資下車，沒有讓的士駛進去，因為我不知道前路會否有危險，而白勒克很可能就是發現了什麼秘密而被殺死的。

我有這裏的 **鑰匙** ，輕鬆開了大鐵門，便匆匆向前奔去。沒有多久，在黑暗之中，我已經可以看到那座 **別墅** 了。

同時我也看到，別墅之中有燈光透出，而且隱約能看到屋內是張海龍的身影。

我不禁疑惑，張海龍為什麼會來這別墅？白勒克叫我來

發現的，就是張海龍的秘密嗎？難道張海龍真的有可疑**?**

那天晚上，和我第一次來到，在別墅裏留宿的那一晚一樣，霧很濃。

當我來到別墅大門前的時候，突然之間，我看到別墅後院爆發出一團**火光**，可是卻什麼聲音也沒有，而不到一秒鐘，那一大團火焰又瞬間消失了。

那是「**妖火**」！這是我第二次看到這種奇異的現象了！

我立刻掏出鑰匙，開門進去，來到一扇落地玻璃窗前，看見大廳裏有一個人，正單手支着額頭，在**沙發**上背我而坐。

我只看背面就能認出他是張海龍。

只見他一直保持這個姿勢，連動也沒有動過。

這個情形不禁令我想起，在我家沙發上一動不動的霍華

德。難道張海龍也遭到 *毒手*，死在毒針之下？

我連忙開門進入屋內，飛奔到張海龍面前，用力搖了搖他的身體，**「張老先生！張老先生！」**

幸好張海龍只是太睏，睡着了而已。他睜開惺忪的睡眼，一看清是我的時候，他面上喜悅的神色，就像漂流大海的人忽然遇見 *救生艇* 一樣，「是你？終於再見到你了！」

「對，是我。」我立即問他：**「剛才你看到了嗎？」**

「看到什麼？」他一臉茫然。

我說：「妖火。」（待續）

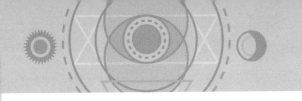

案件調查輔助檔案

你死我活

老實説，我曾經和國際知名的盜匪、龐大的賊黨，進行過**你死我活**的鬥爭。

意思：形容爭鬥得非常激烈。

不計其數

我專注地看着畫面，只見一隻隻飛碟，密密麻麻地排在一起，就像**不計其數**的蠶卵。

意思：數量很多，無法計算。

面色鐵青

甘木**面色鐵青**，憤怒得像頭惡犬一樣，蹬蹬蹬地衝到了我的面前，惡狠狠地瞪着我，像要將我吞進肚裏去。

意思：指人恐懼、震怒或患病時的臉色發青。

千方百計

我若無其事地望着他，因為我知道，他們**千方百計**將我弄到這裏來，在未達到目的之前，是絕不會傷害我的，所以我也不怕得罪甘木。

意思：想盡一切辦法。

不卑不亢

他揚起頭來，**不卑不亢**地說：「請跟我來。」

意思：形容處事待人不傲慢、不卑屈，恰到好處。

胸有成竹

但他**胸有成竹**地說：「不，我們已經有這方面的發現了，這也是你為什麼來到這裏的原因。」

意思：原指畫竹子動筆之前腦子裏先有竹子的完整形象，現比喻做事情動手之前心裏已有主意或有把握。

當頭棒喝

我立即**當頭棒喝**：「張小龍的發現，是為了造福人群，而不是供你征服人類的！」

意思：比喻使人立即醒悟的警示。

一時語塞

我**一時語塞**，因為我知道世上確實還有很多人活在不幸之中。

意思：因激動、氣憤或理虧等原因說不出話來。

衛斯理系列 少年版 15
真菌之毀滅 上

作　　　　者：衛斯理(倪匡)

文 字 整 理：耿啟文

繪　　　　畫：鄺志德

助理出版經理：周詩韵

責 任 編 輯：陳珈悠

封面及美術設計：BeHi The Scene

出　　　　版：明窗出版社

發　　　　行：明報出版社有限公司

　　　　　　　香港柴灣嘉業街 18 號

　　　　　　　明報工業中心 A 座 15 樓

電　　　　話：2595 3215

傳　　　　真：2898 2646

網　　　　址：http://books.mingpao.com/

電 子 郵 箱：mpp@mingpao.com

版　　　　次：二〇二〇年十二月初版

　　　　　　　二〇二二年七月第二版

I S B N：978-988-8687-31-2

承　　　　印：美雅印刷製本有限公司